NOTICE

SUR LA VIE ET LES ÉCRITS

DE FEU M. LARCHER,

Membre de l'Institut et de la Légion-d'Honneur ; honoraire de l'Académie des Sciences de Dijon, et Professeur de Littérature grecque dans la Faculté des Lettres de l'Académie de Paris.

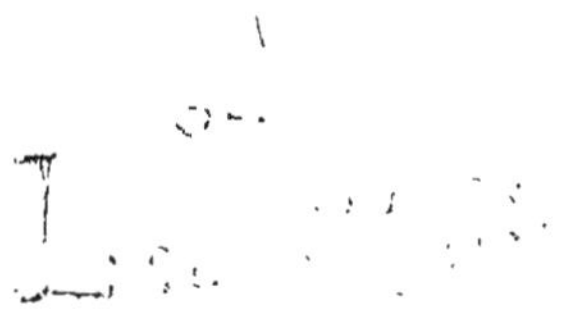

NOTICE

SUR LA VIE ET LES ÉCRITS

DE FEU M. LARCHER,

*Membre de l'Institut et de la Légion-d'Honneur ; hono-
raire de l'Académie des Sciences de Dijon, et Professeur
de Littérature grecque dans la Faculté des Lettres de
l'Académie de Paris.*

M. Pierre-Henri Larcher (1) naquit à Dijon
le 12 octobre 1726, d'une très-ancienne famille
de robe, alliée aux premiers noms du parlement
de Bourgogne (2), « et ce qu'il y a de plus flatteur
» dans la généalogie d'un littérateur, à la maison
» de Bossuet (3) ». Son père étoit conseiller au bu-
reau des finances (4). Il le perdit de fort bonne

(1) La préface de la seconde édition de la traduction d'*Hérodote*, par M. Larcher, porte pour signature : *Petrus Hen-
ricus Larcher, Divionæus, anno ætatis septuagesimo sexto.*
Cette signature latine, un peu bizarre peut-être à la fin d'une
préface française, prouve que l'auteur du *Tableau des Ecrivains français* a eu tort de donner à M. Larcher le prénom
de *Philippe*, et qu'il a corrigé cette faute par une autre,
lorsque, dans les *Tablettes biographiques*, il l'a nommé
Pierre-André.

(2) La famille de M. Larcher est originaire d'Arnay-le-
Duc. Elle a donné, sous Louis XIV, un abbé de Cîteaux.
M. l'Archer, conseiller au parlement de Paris, auquel Cha-
vigny dédia, en 1570, son *Hymne de l'Astrée*, appartenoit
peut-être à cette maison. *Voyez* Goujet, *Biblioth. franç.*,
tom. 14, pag. 42, 467.

(3) M. l'abbé de B., dans le *Journal des Débats*, 21 fév.
1803. — *Année littéraire*, 1769, tom. 3, pag. 147.

(4) Selon ce que M. Ranfer de Monceau, neveu de M. Lar-

heure, et resta sous la tutelle de sa mère (1), femme excessivement sévère, et qui le destinoit à la magistrature ; mais il se sentoit une autre vocation. Après avoir fini, chez les Jésuites de Pont-à-Mousson, ses humanités qu'il avoit commencées à Dijon, le jeune Larcher, entraîné vers la littérature par une passion d'autant plus irrésistible qu'on la vouloit contrarier, s'échappa, en quelque sorte, de la maison maternelle, et vint s'établir à Paris dans le collége de Laon, où il put se livrer, sans réserve et sans obstacle, à l'étude des lettres et des sciences. Il pouvoit alors avoir dix-huit ans. Sa mère ne lui fit d'abord que 500 liv. de pension; et, pourtant, avec cette légère somme, il trouvoit le moyen d'acheter des livres. Deux ou trois ans après, sa pension fut portée à 700 liv. « Oh ! pour lors », disoit-il en riant à M. de La » Rochette, « je me trouvai à mon aise, et je pus » *bouquiner* commodément ».

Ce fut apparemment vers cette époque que, suivant, au collége Royal, les leçons de grec de Capperonnier, il témoigna très-vivement son indignation, en le voyant se servir, tous les jours, au risque de le gâter, d'un superbe exemplaire du Thucydide de Duker en grand papier (2). On voit

---

cher, m'a fait l'honneur de m'écrire. Dans une note de M. Leschevin, qui m'a été communiquée par M. Chardon de La Rochette, il est appelé *trésorier de France*.

(1) Elle étoit une demoiselle Gauthier, selon la note de M. Leschevin.

(2) C'est Jean Capperonnier qui obtint, en 1743, la chaire de grec de Claude Capperonnier son oncle. Il étoit grand, amateur des belles éditions hollandoises. Je rapporterai, à ce sujet, un passage curieux de la *Vie de Ruhnkenius*, par M. Wyttenbach (p. 64) : *Regiæ bibliothecæ.... scriptis codicibus præfectus erat Capperonnerius, qui in plerisque eorum excerpendis aut describendis utilem jam operam navaverat Hemsterhusio, Dorvillio, Albertio, ipsi Ruhnkenio, aliis*

que, dès sa première jeunesse, M. Larcher avoit le goût des beaux livres. Ce goût, augmenté avec l'âge et les moyens de le satisfaire, devint une véritable passion ; et l'on me permettra de dire que M. Larcher, qui, dans les derniers mois de sa vie, ne vouloit point acheter les *Lexiques* récemment publiés de Photius et de Zonaras, sous prétexte qu'il étoit beaucoup trop vieux pour en faire usage, ne balançoit cependant pas à donner une somme énorme pour un livre qui sembloit devoir lui être encore plus inutile, l'édition *princeps* de Pline le Naturaliste.

Il est probable que, pendant les premières années de son séjour à Paris, M. Larcher avoit déjà rassemblé une assez nombreuse bibliothèque ; car, vers cette époque, ayant, à l'insu de sa famille, formé le projet de visiter l'Angleterre, pour y faire connoissance avec les gens de lettres de ce pays, et se perfectionner dans la langue anglaise qu'il aimoit passionnément, il vendit ses livres pour fournir aux frais de ce voyage (1). Le Père Patouillet, jésuite auquel les sarcasmes de Voltaire ont donné une sorte de célébrité, favorisa le dessein de M. Larcher, et consentit à recevoir et à faire parvenir

---

item. Is oblatam gratiæ loco pecuniam solebat, ut illiberalem mercedem, spernere ac recusare, operæque suæ pretium æstimare certo bonorum librorum numero, in primis exemplorum ex optimis recentissimisque veterum auctorum editionibus, veluti Livii Drakenborchiani, Virgilii Ovidiique et aliorum a Burmanno editorum, Aristophanis et Suidæ Kusteriani, Josephi Haverkampiani, Diodori Siculi Wesselingiani, et nullorum non scriptorum græcorum ac latinorum : visus putare hos libros doctis Batavis sponte et gratis venire, nec gravi ære e bibliopoliis emenda esse. Erat vero illud librorum sive pretium sive donum, ut accipienti honestius quam parata pecunia, ita danti molestius multo et gravius.

(1) Lettre de M. de Monceau.

à leur destination les lettres que le jeune voyageur écrivoit de Londres à sa mère et à ses parens, mais qu'il datoit de Paris, leur faisant croire par-là qu'il n'avoit pas cessé d'habiter le collége de Laon.

Il ne paroît pas que M. Larcher ait rien publié avant sa traduction de l'*Electre* d'Euripide, laquelle parut en 1750 (1); car le *Calendrier perpétuel* de 1747, qui lui a été attribué (2), n'est point de lui. Je le peux assurer sur le témoignage de M. Larcher lui-même (3). Je vois d'ailleurs que ce *Calendrier* ne se trouve pas dans la liste que M. Larcher avoit faite de ses ouvrages; liste qu'il avoit donnée à M. de La Rochette, et que ce savant a eu la complaisance de me communiquer.

M. Larcher ne mit point son nom à cette traduction d'Euripide, et il est à remarquer que la plupart de ses productions ont été données sous le voile de l'anonyme. Le *Mémoire sur Vénus*, le *Xénophon*, l'*Hérodote*, sont, à peu près, avec les *Dissertations académiques*, les seuls de ses ouvrages où il ait voulu se nommer.

L'*Electre* eut peu de succès, et n'a jamais été réimprimée. On la trouve, il est vrai, dans le *Théâtre bourgeois*; mais ce n'est pourtant pas une réimpression. Le libraire Duchesne eut, en 1755, l'idée de réunir en un volume le *Marchand de Londres*, de Clément; le *Momus philosophe*, de Boullenger de Rivery (4); cette *Electre*, de M. Lar-

---

(1) La date de 1770, dans les *Siècles littéraires* (tom. 4, pag. 105), n'est qu'une faute d'impression.

(2) Dans le *Tableau des Ecrivains français*, et dans les *Tablettes biographiques*.

(3) *Journal de l'Empire*, 13 mars 1810.

(4) L'auteur du *Dictionn. des Anonymes* (10830) a omis *Momus philosophe*. Dans la *Biographie universelle*, on dit, à l'article de *Boullenger de Rivery*, que son *Momus philo-*

cher, et l'*Abailard*, de Guys (1), dont apparemment il possédoit un grand nombre d'exemplaires pour lesquels il ne savoit comment trouver des acheteurs. Il fit coudre ensemble ces quatre pièces, sans prendre même le soin d'en changer les dates, et donna à cette collection le titre général de *Théâtre bourgeois, ou Recueil des meilleures pièces de différens auteurs, qui ont été représentées sur des théâtres bourgeois.* Assurément, jamais titre ne fut plus ridiculement imaginé, et l'on ne comprend guère comment il pouvoit convenir à l'*Electre*, qui n'avoit jamais été représentée sur aucun théâtre.

Ce même Boullenger de Rivery passe pour avoir été le principal rédacteur d'un livre qui parut, en 1751, sous le titre de *Lettres d'une Société*, et reparut, en 1752, avec le nouveau titre de *Mélange littéraire* (2). C'étoit un ouvrage de critique, une espèce de journal littéraire, dont l'idée étoit peut-être prise des *Lettres de la Comtesse* par Fréron, des *Lettres* de Clément de Genève, ou d'autres feuilles périodiques qui avoient été publiées sous la forme épistolaire. Les bibliographes ont nommé Landon et M. Larcher comme les collaborateurs de Boullenger. Il est permis de douter un peu de

---

sophe a été réimprimé dans le *Théâtre bourgeois*. Je crois le mot *réimprimé* inexact; c'est *inséré* qu'il falloit dire.

(1) Cette pièce, attribuée à Guys (*Voyez* M. Barbier, *Anonym.*, 10830.), est on ne peut plus bizarre. Abailard est *apporté dans un fauteuil* après l'opération, et l'auteur établit entre lui et Héloïse une conversation fort ridicule. La situation est d'une absurdité qui passe l'imagination. C'est le premier ouvrage de Guys.

(2) *Voy.* M. Barbier, *Dict. des Anonym.*, 10043, 10129, et M. Beuchot, dans l'article *Boullenger* de la *Biographie universelle*. Mais on peut douter que Boullenger ait eu part à ces *Lettres;* car son *Momus philosophe* y est fort maltraité. *Voyez* pag. 105-113.

la coopération de Landon (1). Quant à M. Larcher, il a fourni à ce recueil la traduction du discours de Pope sur la poésie pastorale. Voici dans quels termes l'éditeur annonce ce morceau (p. 163) : « Nous croyons vous obliger en vous envoyant le » discours de M. Pope sur la pastorale, traduit » par M. Larcher, à qui l'on est redevable de la » première et de la seule traduction que nous » ayons de l'*Electre* d'Euripide, et qui sait aussi » bien l'anglais que le grec ».

Le nom de M. Larcher ne reparoît dans aucun autre endroit de ces Lettres ; cependant, s'il est vrai qu'il y ait travaillé comme associé de l'éditeur, je crois qu'on peut lui attribuer un article où l'on relève le plagiat d'un écrivain qui s'étoit approprié, sans en rien dire, une dissertation d'Addison. Je le présume, parce que M. Larcher étoit alors tout rempli de sa littérature anglaise. L'annonce du vingt-septième Recueil des *Lettres édifiantes* est peut-être encore de la main de M. Larcher, parce que l'éditeur de ce Recueil étoit le P. Patouillet, et que M. Larcher avoit de grandes liaisons avec ce jésuite. Je serois aussi fort tenté de lui donner l'article sur le *Moréri* de l'abbé Goujet, à cause de l'érudition littéraire

---

(1) Mes doutes viennent de la manière dont Landon est traité dans ce Journal. Il est auteur d'une petite brochure intitulée : *Réflexions d'une Comédienne française*, et le Journaliste en rend compte dans les termes suivants (pag. 114) : « Cet ouvrage est celui d'un jeune homme qui n'a point » encore acquis de connoissances, et qui prend pour des » découvertes les vérités les plus communes, qu'il exprime » d'une manière encore plus triviale. Il y a quelques traits » saillans ; on les a empruntés des La Bruyère et des La Ro- » chefoucault. Loin de nous plaindre de ces plagiats, nous » voudrions, pour l'intérêt des lecteurs, que le reste fût puisé » dans les mêmes sources ».

qu'on y remarque. Au reste, je ne fais moi-même aucun compte de ces conjectures, et je suis fort porté à croire que M. Larcher ne se chargea, pour les *Lettres d'une Société*, d'aucun travail suivi; car dans la liste de M. de La Rochette (1), il n'est pas du tout question de ce recueil.

La part que M. Larcher prit à la *Collection académique* est plus connue. Dans le tome second il a traduit, en société avec Roux, Buffon et Daubenton, les *Transactions philosophiques* de la Société royale de Londres. Les articles qui lui appartiennent sont désignés par la lettre A, mais, en même temps, confondus avec ceux de Roux, qui avoit pris la même lettre (2). Ce volume est de 1755.

La même année vit paroître la traduction du *Martinus Scriblerus* de Pope (3), plaisanterie un peu longue contre les érudits, et qu'il convenoit peut-être à M. Larcher de laisser traduire à un autre. Il y a joint un *Discours* de Swift, « où l'on » prouve que l'abolition du christianisme en An- » gleterre pourroit, dans les conjonctures pré- » sentes, causer quelques inconvénients, et ne » point produire les bons effets qu'on en attend ». C'est un chef-d'œuvre de bonne plaisanterie.

C'est encore en 1755 que M. Larcher, qui, dans son voyage d'Angleterre, avoit beaucoup connu le chevalier Pringle, publia la traduction qu'il avoit faite des *Observations* de ce savant médecin, *sur les Maladies des armées*. Cet ouvrage reparut en 1771, considérablement augmenté (4).

----

(1) *Voyez* plus haut, pag. 6.
(2) *Voyez* l'*Avis* du tome second.
(3) Voltaire, tom. 16, pag. 4; M. Leschevin, sur *Mathanasius*, tom. 2, pag. 434, 497.
(4) M. Désessarts, dans les *Siècles littéraires*, et M. Ersch,

En 1757, M. Larcher, toujours occupé de littérature anglaise, revit le texte de l'*Hudibras*, joint à la traduction française de Touwnley, et y mit des notes (1).

La traduction de l'*Essai* de Home *sur le Blanchîment des toiles* parut en 1762. Quoique ce livre ne se soit point trouvé dans la bibliothèque de M. Larcher, il n'en est pas moins vrai qu'il est sorti de sa plume; car il l'a compris dans cette liste de ses ouvrages qu'il fit pour M. de La Rochette, et que j'ai déjà plus d'une fois citée.

Tous ces travaux n'avoient point détourné M. Larcher de l'étude du grec, et la traduction des *Amours de Chéréas et de Callirrhoé* (2), qu'il publia l'année suivante, promit à la France un helléniste distingué. Cette traduction, « que Fallet » défigura en 1775 (3) », a été réimprimée dans la *Bibliothèque des Romans grecs*, où elle remplit les tomes VIII et IX (4). A la fin de ce tome IX

---

dans la *France littéraire*, attribuent à M. Larcher un *Traité du Scorbut*, *traduit de l'anglais*, et publié à Paris en 1771. Dans son *Supplément*, M. Ersch dit que « les traductions » des *Maladies des armées* et du *Scorbut* sont aussi attribuées, » et avec plus de vraisemblance, à Carrère ». M. Ersch se trompe sur l'ouvrage de Pringle. C'est très certainement M. Larcher qui en a fait la traduction : elle est comprise dans la liste de M. de La Rochette. Quant au *Traité du Scorbut*, il n'y est point indiqué, et je ne sais quel en est le traducteur : c'est peut-être Savary.

(1) *Voyez* l'article *Butler*, dans la *Biographie universelle*, et l'*Avertissement* du Libraire dans le premier volume de cette traduction d'*Hudibras*.

(2) Vollaire, tom. 16, pag. 4; M. Larcher, préf. d'*Hérodote*, p. xxxiv; M. Harles, *Bibl. Græca*, t. 8, p. 151.

(3) M. de La Rochette, *Mélanges*, tom. 2, pag. 86.

(4) M. Harles (*ibid.*) dit que la traduction, qui se trouve dans la *Biblioth. des Romans*, est de Mercier; c'est une erreur. L'abbé Mercier de Saint-Léger n'est le traducteur d'aucuns des romans compris dans ce recueil; il n'en

est une note sur les temples que Vénus avoit en Sicile. Cette note, qui ne se trouve point dans la première édition, avoit été faite pour remplacer celle de la page 124 sur la Vénus Callipyge. M. Larcher, devenu très-scrupuleux, la trouvoit indécente, licentieuse même, et ne vouloit pas la laisser subsister. Ses désirs ne furent pas remplis. On lui dit que sa nouvelle note arrivoit trop tard. Cela n'étoit pas tout-à-fait exact; mais ce petit mensonge étoit, en vérité, fort innocent. Rassuré par la pureté de ses intentions, M. Larcher prit aisément son parti sur un mal qu'il voyoit sans remède, et sa note fut placée à la fin de l'ouvrage en forme de supplément (1).

La *Bibliothèque des Romans* devoit aussi contenir un Mémoire sur Héliodore (2), que M. Larcher avoit lu, en 1791, à l'Académie des Belles-Lettres, et qu'il avoit consenti à donner aux éditeurs. Ce Mémoire fut imprimé sous le titre de *Remarques critiques sur les Æthiopiques d'Héliodore ;* mais des raisons que j'ignore en empêchèrent la publication. Il existe, dans la bibliothèque de M. Barbier, un exemplaire de ce rare opuscule, et M. de La Rochette se propose de le faire réimprimer dans le quatrième volume de ses *Mélanges*.

M. Larcher revint, en 1765, à la littérature anglaise; et, cette fois, il traduisit un ouvrage plus convenable à ses études que ceux de Pringle et de Home, l'*Essai* de Chapman *sur le Sénat romain.* Dans un petit nombre de notes jointes à la tra-

---

est pas non plus l'éditeur, comme l'avoit cru M. Ersch. Le seul morceau de cette collection qui appartienne à l'abbé de Saint-Léger, est le *Mémoire sur la traduction de Parthénius par Fornier.* Voyez les *Mélanges* de M. de La Rochette, tom. 2, pag. 3 et 268.

(1) M. de La Rochette, *Mél.*, tom. 2, pag. 86, 270.

(2) Voy. l'*Avis des Libraires–Editeurs*, tom. 1.

duction, il relève, avec modestie, quelques légères méprises échappées à l'auteur.

L'année 1767 vit commencer les querelles de Voltaire et de M. Larcher. Quoique lié avec plusieurs des écrivains qu'on appeloit philosophes, et même assez favorable à quelques-unes de leurs théories, M. Larcher ne voyoit pas sans une généreuse indignation les coupables excès de Voltaire. Lorsque parut la *Philosophie de l'Histoire*, l'abbé Mercier de Saint-Léger et quelques autres ecclésiastiques, qui savoient que M. Larcher méprisoit fort l'érudition de Voltaire, et qu'il étoit lui-même fort érudit, « allèrent le trouver dans son modeste » réduit, l'invitèrent à dîner, et l'engagèrent à » réfuter le nouvel ouvrage. Il se défendit long-» temps, mais enfin il promit d'y travailler. Ces » Messieurs le harcelèrent tant, qu'il leur porta » un premier cahier, auquel il ne vouloit point » donner de suite. Mais la lecture de cette ébauche » les enchanta; on lui prodigua mille éloges; et » comme il vouloit laisser son papier, on le lui » enfonça dans la poche, et on l'accompagna jus-» qu'au bas de l'escalier, en lui faisant promettre » qu'il continueroit ». « Je rappelois un jour », m'écrit M. de La Rochette dont je viens de copier les paroles, « je rappelois cette anecdote à l'abbé » de Saint-Léger, principal acteur de cette scène; » il en rit aux éclats, et me dit : *Il est vrai ; » nous l'avons un peu escobardé* ». Voltaire avoit sans doute connoissance de cette espèce de complot ; il dit dans l'*Avis des éditeurs* au-devant de la *Philosophie de l'Histoire* : « Un répéti-» teur du collége Mazarin, nommé Larcher, tra-» ducteur d'un vieux roman grec, intitulé *Cal-» lirrhoë*, et du *Martinus Scriblerus* de Pope, *fut* » *chargé par ses camarades* d'écrire un libelle » pédantesque contre les vérités trop évidentes

» énoncées dans la *Philosophie de l'Histoire* ». Ce *libelle pédantesque* est le *Supplément à la Philosophie de l'Histoire*, ouvrage plein d'érudition, de l'aveu de Voltaire lui-même (1), et qui causa à l'irascible vieillard des accès de fureur. Il tâcha de répondre par la *Défense de mon oncle;* production honteuse où il s'est emporté contre son adversaire aux excès les plus condamnables. La qualité de répétiteur au collége Mazarin, qu'il y donne de sa grâce à M. Larcher, est un de ses mensonges les plus innocents (2). M. Larcher répliqua par la *Réponse à la Défense de mon oncle.* Il y fait de pénibles efforts vers la plaisanterie; ce n'étoit pas avec cette arme qu'il pouvoit lutter contre Voltaire. Le sarcasme et l'amère ironie étoient les armes de son ennemi: le véritable rôle de M. Larcher étoit d'être érudit et raisonnable.

Ces deux ouvrages de M. Larcher, et le premier surtout, eurent beaucoup de succès; ils commencèrent sa réputation. Le *Supplément à la Philosophie* parvint même à une seconde édition; et, quoique les écrits polémiques survivent rarement à la querelle qui les a fait naître, on peut encore aujourd'hui rechercher ceux de M. Larcher, à cause des discussions savantes qu'il y a répandues; surtout, à cause de la traduction qu'il y a jointe de l'*Apologie de Socrate*, par Xénophon (3). Au reste, il étoit lui-même peu content de la forme qu'il avoit prise. « Il a toujours », m'écrit M. de La Rochette, « refusé de me prêter le *Supplément*,

---

(1) Tom. 90, pag. 148. « Il y a *beaucoup d'érudition* dans ce petit livre, et les savans le liront ».

(2) *Voyez* M. l'abbé de B., *Journal des Débats*, 21 févr. 1803; M. Larcher, *Réponse à la Défense*, pag. 16; et plus bas, pag. 14.

(3) Cette traduction a échappé aux recherches du nouvel éditeur de la *Bibliothèque grecque* de Fabricius.

» parce que le ton ne lui paroissoit pas *assez dé-*
» *cent;* c'étoit, disoit-il, *le ton d'un homme qui*
» *n'avoit pas encore l'usage du monde :* et il me
» renvoyoit à ses *Remarques sur Hérodote,* où il
» a pris un ton différent, quoiqu'il eût à combattre
» les mêmes principes et les mêmes personnages
» ou leurs adhérens, Voltaire, Raynal, etc. ».

Voltaire, dont les ressentiments étoient implacables, ne cessa de persécuter M. Larcher qui cessa de lui répondre. M. Larcher étoit trop estimé pour que les injures de Voltaire pussent lui nuire (1); et M. Brunck, dans la préface de ses *Poètes gnomiques,* l'a témoigné avec une énergique vérité : *Vir,* dit-il en parlant de M. Larcher, *morum probitate, integritate vitæ, doctrinæ elegantia apud bonos omnes maxime commendatus, et supra impurissimorum scurrarum calumnias et convicia immensum quantum evectus.* Les amis même de Voltaire furent choqués de la violence de ses emportements. La Harpe, dans le temps de sa plus grande admiration pour Voltaire, écrivoit au grand-duc de Russie (2), à l'occasion de la traduction de l'*Expédition de Cyrus,* par M. Larcher : « C'est le même M. Larcher que
» M. de Voltaire a si durement traité dans la *Dé-*
» *fense de mon oncle,* ouvrage d'un ton qui don-
» neroit tort à un homme qui auroit raison, et
» que les amis de M. de Voltaire ont d'autant plus
» blâmé, que M. Larcher ne méritoit pas d'être
» traité ainsi. Il avoit relevé M. de Voltaire sur
» des méprises de plus d'une sorte, et en cela
» même il avoit fait son métier d'érudit. D'ailleurs,
» Larcher, dont M. de Voltaire s'est obstiné à faire
» un répétiteur au collége Mazarin, est un acadé-

---

(1) Rigoley de Juvigny, *de la Décadence, etc.* pag. 377.
(2) *Correspond.* tom. 2, pag. 223.

» micien qui cultive les lettres dans la retraite, et
» n'a jamais répondu aux outrages de M. de Vol-
» taire (1) : du moins, la seule réponse qu'il fit fut
» très-douce et très-philosophique. Il se mit à rire
» de la colère et des injures de son adversaire, et
» parut n'en voir que le côté plaisant. *Il sera tou-*
» *jours gai*, disoit-il. Ce fut là toute sa vengeance.
» Dans ce moment, ce me semble, le savant fut
» au-dessus du grand poète ». Ce mot rappelle
tout naturellement celui de Caton, qui, persifflé
par Cicéron dans l'Oraison pour Muréna, se prit
à rire, et se tournant vers ses amis: « Nous avons
» là, dit-il, un consul bien gai (2) ». D'Alembert,
à qui l'on peut reprocher d'avoir presque toujours
caressé servilement les passions de Voltaire, eut
le courage assez remarquable de lui faire l'éloge
de M. Larcher. « Il y a déjà quelque temps »,
écrit-il à Voltaire (3), « qu'il (l'abbé Coger) alla
» trouver Larcher, ayant à la main un livre où
» vous les avez attaqués et bafoués tous deux, et
» excitant Larcher à se joindre à lui pour deman-
» der vengeance. Larcher qui vous a contredit
» sur je ne sais quelle sottise d'Hérodote, mais qui,
» au fond, est un galant homme, tolérant, mo-
» déré, modeste, et vrai philosophe dans ses sen-
» timents et dans sa conduite, du moins si j'en
» crois des amis communs qui le connoissent et
» l'estiment; Larcher donc le pria de lire l'article
» qui le regardoit, le trouva fort plaisant, écrit
» avec beaucoup de graces et de sel, et lui dit qu'il
» se garderoit bien de s'en plaindre ». Cette lettre,

---

(1) La Harpe ne connoissoit pas apparemment la *Réponse
à la Défense de mon oncle.*

(2) *Plutarch. Cat. Utic.*, §. 21, tom. 5, pag. 53, de l'ex-
cellente édition de M. le Dr Coray.

(3) Volt. tom. 90, pag. 403.

qui est de la fin de 1772, fut sans effet sur l'esprit
de Voltaire : il n'en laissa pàs moins subsister dans
son *Epître à d'Alembert*, qui est de la même année, des vers et une note où il attaque M. Larcher avec son insolence accoutumée.

M. Larcher avoit prouvé par ses notes sur les
Amours de Chéréas, et par le *Supplément à la Philosophie de l'Histoire*, qu'il avoit une érudition
peu commune, et étoit très familiarisé avec Hérodote. Sur la réputation que ces ouvrages lui avoient
faite, des libraires de Paris, possesseurs d'une traduction manuscrite d'Hérodote par l'abbé Bellanger (1), s'adressèrent à lui pour qu'il voulût la re-
voir et la disposer pour l'impression ; car l'abbé
Bellanger étoit mort sans avoir eu le temps d'y
mettre la dernière main. Se figurant qu'il ne
s'agissoit que de corriger quelques négligences, et
tout au plus d'ajouter quelques remarques, M. Larcher ne refusa point d'en être l'éditeur. « Mais,
» dit-il (2), je ne fus pas long-temps sans recon—
» noître les défauts de cette traduction, et ne pou-
» vant plier mon style à celui de M. Bellanger, je
» résolus d'en faire une nouvelle ».

Il se prépara à cette difficile entreprise par de
longues études. Il revit soigneusement le texte
d'Hérodote sur les manuscrits de la Bibliothèque

---

(1) Il n'y a pas tout-à-fait assez d'exactitude dans ce que
l'on a écrit récemment sur l'abbé Bellanger. On a dit que sa
traduction des *Antiquités romaines*, de Denys d'Halicar-
nasse (1723, 2 vol. *in-4*.), a été réimprimée en 6 vol. *in-8*.
il eût été à propos d'ajouter que, dans cette réimpression
(1807, *Paris*), on a supprimé les notes et les cartes de l'édition originale. On a dit que le *Supplément aux Essais de
Critique* a été publié sous le nom de *Van der Meusen*. Non
seulement *le Supplément*, mais même *les Essais*, ont paru
sous le faux nom de *Van der Meulen*.

(2) Trad. d'*Hérodote*, tom. 1, pag. xxxiij.

royale, et lut, la plume à la main, la plus grande partie des anciens, afin d'y recueillir tout ce qui pouvoit éclaircir les obscurités de son auteur. Il consulta les voyageurs, les critiques modernes, en un mot tous les écrivains où il crut pouvoir trouver quelque secours. Il étoit dans toute la ferveur de ses études historiques, quand M. de Paw publia ses *Recherches philosophiques sur les Egyptiens et les Chinois*. Cet ouvrage, plein de paradoxes, eut un succès de vogue; et M. Larcher, voulant ramener le public à des idées plus justes, écrivit, dans le *Journal des Savans* de 1774, une docte réfutation des erreurs de M. de Paw sur les Egyptiens.

L'année suivante, M. Larcher fit paroître son *Mémoire sur Vénus*, que l'Académie des Inscriptions venoit de couronner (1). Ce Mémoire, qui étoit le fruit de recherches infinies, et où l'on peut dire que le sujet est à peu près épuisé, fut composé par M. Larcher pendant une grave maladie qui ne lui permettoit pas de se livrer aux travaux sérieux et pénibles qu'exigeoit la traduction d'Hérodote (2).

L'on doit à une autre interruption la traduction de la *Retraite des dix mille* de Xénophon.

Je laisserai ici parler M. Larcher. « Comme je » fais, dit-il (5), copier ma traduction d'Hérodote,

____

(1) *Voyez* sur ce *Mémoire*, la *Biblioth. critica* de M. Wyttenbach, I. 3. pag. 104.

(2) Brunck, *Anal. Græca*, tom. 1, pag. xxvj. — Je m'abstiens de faire ici l'histoire de certains exemplaires du *Mémoire sur Vénus*, auxquels se trouvent joints un huitième index satirique de la composition de l'abbé Le Blond, et une gravure qui représente l'aventure des deux jeunes filles *Callipyges*, racontée à la page 177. Ces détails, qui ne sont pas parfaitement décents, pourront trouver leur place ailleurs.

(3) Trad. de *Xénophon*, tom. 1, pag. xl.

» et que je ne puis en entreprendre une dernière
» révision que je n'aie sous les yeux toutes les
» parties de cet important ouvrage, j'ai cru devoir
» employer d'une manière utile mes momens de
» loisir. Je n'ai rien vu qui le fût davantage qu'une
» traduction de l'expédition de Cyrus le jeune dans
» l'Asie-Mineure ». Cette traduction vit le jour en
1778 : elle fit honneur à M. Larcher, mais comme
helléniste et érudit, plutôt que comme écrivain ; et
il est permis de croire que M. de Juvigny a été plus
poli qu'exact, quand il a dit (1) que « cette excel-
» lente traduction lui paroissoit rendre toutes les
» beautés et toute l'élégance de l'original ». La
Harpe (2) l'appelle une *assez bonne* traduction ; ce
qui est plus juste. Quoique M. Larcher n'eût pas
absolument dans le style toutes les qualités que
doit avoir un traducteur de Xénophon, son ouvrage n'en est pas moins recommandable à cause
de l'exacte intelligence du texte et de l'importance
des remarques ; et personne, je crois, ne contes-
tera la vérité de ce que disoit M. Wyttenbach dans
l'article de la *Bibliotheca critica* (I. 4. p. 97), où
il en rendoit compte : *Larcherus is est quem non
dubitemus omnium, qui nostra œtate veteres scri-
ptores in linguas vertunt recentiores, antiquitatis
linguæque græcæ scientissimum vocare.*

M. Larcher joignit à cette traduction quelques
Observations sur la prononciation du grec. Il y
soutient contre Guys, que les anciens Grecs pro-
nonçoient le ϐ et le η comme on les prononce dans
l'université de Paris, et il ne manque pas de tirer
un argument de ce vers de Cratinus où le bêlement
du mouton est représenté par ϐῆ ϐῆ. La question
est loin d'être résolue par les *Observations* de

---

(1) *De la Décadence, etc.* pag. 21.
(2) *Correspond.* tom. 2, pag. 223.

M. Larcher, et le vers de Cratinus pourroit bien n'être pas aussi décisif qu'il paroît le croire. Mais ce n'est pas ici le lieu d'entrer dans une telle discussion.

Le *Mémoire sur Vénus* et la traduction de Xénophon augmentèrent singulièrement la réputation de M. Larcher, et l'Académie des Inscriptions le choisit, le 10 mai 1778, pour remplacer M. Le Beau qu'elle venoit de perdre (1). On a dit que Voltaire, qui étoit alors à Paris, confus apparemment de ses torts avec M. Larcher, s'employa pour le faire recevoir à l'Académie. Le fait est peu vraisemblable. Il est bien vrai que d'Alembert, qui portoit beaucoup d'estime à M. Larcher, le recommanda chez M. de Foncemagne à quelques académiciens. Mais ces recommandations de politesse n'eurent aucune influence sur l'élection. M. Larcher étoit depuis long-temps désiré par l'Académie, et il avoit eu les secondes voix à la nomination précédente (2); ce qui lui assuroit la première place vacante. Il n'avoit donc pas besoin de la recommandation de d'Alembert; et quant à celle de Voltaire, qui lui étoit tout aussi peu nécessaire, il avoit le cœur trop bien placé pour se laisser protéger par l'homme qui, pendant dix ans, l'avoit si grossièrement outragé. M. Larcher avoit droit d'attendre de Voltaire une réparation publique; et c'étoit, sans aucun doute, tout ce qu'il eût voulu recevoir de lui.

Les travaux de l'Académie auxquels M. Larcher prit une part fort active (3), le détournèrent peut-

---

(1) Acad. des Inscript. tom. 42, H. pag. 5. Procès-verbaux mss. de l'Académie.

(2) La Harpe, *Corresp.* tom. 2, pag. 230, 236.

(3) Voici l'indication des *Mémoires* qu'il a fournis au Recueil de l'Académie : I. *Sur les Vases théricléens* (t. 43, pag. 196). — II. *Sur les Vases murrhins* (*ib.* pag. 228). — III. *Sur quelques Époques des Assyriens* (tom. 45, p. 351).

être un peu de sa traduction d'Hérodote, qui ne parut qu'en 1786. On peut, sous le rapport du style, faire à M. Larcher d'assez graves reproches; mais la richesse du commentaire, l'importance des recherches géographiques et chronologiques, font de la traduction d'Hérodote un des plus beaux monumens de l'érudition françoise. M. de Sainte-Croix (1) a dit que M. Larcher avoit, par sa chronologie d'Hérodote, mérité la reconnoissance de la

---

IV. *Sur les Fêtes des Grecs omises par Castellanus et Meursius* (*ibid.* pag. 412). Continué dans le tom. 48, pag. 252. — V. *Sur une Fête particulière aux Arcadiens* (*ibid.* p. 434). Il s'agit des *Molies.* — VI. *Sur l'Expédition de Cyrus-le-Jeune* (tom. 46, pag. 14). — VII. *Sur Phidon, roi d'Argos* (*ibid.* p. 27). — VIII. *Sur l'Archontat de Créon* (*ib.* p. 51). — IX. *Remarques critiques sur l'Etymologicum magnum* (t. 47, H. pag. 105). Ces *Remarques* ne sont imprimées que par extrait. Le manuscrit complet a été donné à la Bibliothèque impériale, par les héritiers de M. Larcher, avec plusieurs cartons où sont contenues de nombreuses lettres de M. Brunck, et quelques-unes de M. Wyttenbach. — X. *Recherches et conjectures sur les principaux Evénemens de l'histoire de Cadmus* (t. 48, p. 37). — XI. *Sur l'Ordre équestre chez les Grecs* (*ib.* pag. 84). — XII. *Sur Hermias, avec l'Apologie d'Aristote, relativement aux liaisons qu'il eut avec ce prince* (*ib.* p. 208). — XIII. *Sur la Noce sacrée* (*ib.* pag. 323).

(1) *Examen des Histor. d'Alex.* pag. 581. — M. Larcher étoit intimement lié avec M. de Sainte-Croix. Les ouvrages de ces deux savans hommes offrent de fréquens témoignages de l'estime mutuelle qu'ils se portoient. Dans le second Livre de la *Philomathie* de M. Wyttenbach (pag. 261), il y a une lettre très intéressante écrite par M. Larcher, après la mort de son ami. M. Wyttenbach a été l'ami de tous deux. Il a loué dignement M. de Sainte-Croix (*Philom.* I, pag. 169); il accordera sûrement un pareil tribut de louanges à la mémoire de M. Larcher. Je lui dirai ce que lui disoit M. Larcher, pour l'engager à faire l'éloge de M. de Sainte-Croix : *Et hoc tuo officio plane dignus est, qui te multum amavit* (*Philom.* II, pag. 20.).

postérité. M. Wyttenbach (1) ne s'exprime pas avec moins de force sur le mérite de ce grand ouvrage : *Quo opere quantum incrementi allatum sit, cum ad intelligentiam Herodoti aliorumque scriptorum, tum ad judicium et cognitionem omnius illius historiæ et antiquitatis, si diserta epitome significare velimus, vix nobis centum paginæ sufficiant.* Ailleurs (2) il appelle M. Larcher le plus exact et le plus savant de tous les interprètes d'Hérodote. M. Chardon de La Rochette (3), se rencontrant avec M. de Sainte-Croix dans l'expression de son admiration, dit que la traduction d'Hérodote mérite toute notre reconnoissance et celle de la postérité. Enfin M. Larcher a obtenu un honneur duquel ont joui fort peu de commentateurs : sa chronologie a été traduite en latin par M. Borheck (4), en allemand par M. Degen (5); et ses notes ont paru dans les principales langues de l'Europe (6).

Au commencement de 1785, le roi créa dans l'Académie un comité de huit membres chargés de faire connoître, par des notices et des extraits, les manuscrits de la Bibliothèque royale. M. Larcher fut nommé ; mais il refusa, faute de loisir, et sa place fut donnée à M. de Vauvilliers (7). Il est à

---

(1) *Biblioth. crit.* III, 2, pag. 153.
(2) *Selecta*, pag. 344.
(3) *Mélanges*, tom. 3, pag. 115.
(4) Trad. d'*Hérodote*, tom. 1, pag. xxxix; tom. 7, pag. 7.
(5) M. Ersch, *la France littéraire*, tom. 2, pag. 251.
(6) M. de la Rochette, *Mélanges*, tom. 1, pag. 59 ; tom. 3, pag. 83.
(7) *Notices des Mss.* tom. 1, pag. iv. — Je ne crois pas que le défaut de loisir fût le vrai motif de ce refus. J'ai entendu dire à M. Larcher qu'il avoit refusé pour n'être pas le confrère de M. de Vauvilliers. Sa mémoire le servoit mal, puisque M. de Vauvilliers fut son successeur. Peut-être crai-

regretter qu'il n'ait pu ou n'ait pas voulu accepter.
Ayant une grande connoissance de la langue grecque, une grande habitude de lire les manuscrits,
il est hors de doute qu'il eût très-utilement coopéré
aux travaux du comité, et nous lui aurions pro-
bablement l'obligation de lire aujourd'hui, dans
les *Notices*, le Vocabulaire étymologique d'Orion,
dont il avoit fait, pour son usage, une copie qu'il
a depuis envoyée à M. Wolf. C'est en reconnoissance de ce présent que M. Wolf lui a dédié son
édition de quatre Discours de Cicéron. Le mot

---

gnoit-il d'être associé à M. de Villoison, qui étoit un des huit
commissaires, et qu'il aimoit fort peu, parce qu'au fait M. de
Villoison étoit fort peu aimable. Quoi qu'il en soit, ce mot
de M. Larcher prouve qu'il goûtoit médiocrement la personne de M. de Vauvilliers. Intimement lié avec M. Brunck,
M. Larcher avoit épousé les sentiments et les querelles de ce
savant, qui a toujours, comme on le sait, parlé de M. de
Vauvilliers avec le dédain le plus impertinent. De son côté,
M. de Vauvilliers ne paroît pas avoir tenté de se concilier
M. Larcher. Il lut même, en pleine Académie, une dissertation, qui n'a point été imprimée, où il essayoit de le réfuter
sur un point de la chronologie d'Hérodote (Voyez *Trad.
d'Hérod.* tom. 4, pag. 288.). Au reste, M. Larcher avoit eu
autrefois avec M. de Vauvilliers des relations plus amicales,
et il lui avoit fort obligeamment communiqué de nombreuses
observations sur Pindare. M. de Vauvilliers les cite souvent
et avec reconnoissance, dans son *Essai* sur ce poète (p. 217,
223, 224, 228, etc. Voy. *Trad. d'Hérod.* tom. 5, pag. 283).
M. de Vauvilliers n'est pas le seul à qui M. Larcher ait rendu
de ces services littéraires. Il collationna Longin sur le Mss.
de Paris pour l'édition de Toup (Voy. *Toup, præf. Longin.*);
et sur plusieurs Mss. quelques idylles de Théocrite, de Bion,
de Moschus, avec le second *Autel* de Dosiadas, pour les
Analectes de Brunck (Voy. *Brunck, præf. Anal.* pag. xxvj.).
Brunck lui dut aussi une bonne remarque sur Anacréon
(*Od.* 23.), et une annonce très flatteuse de son édition de
Sophocle (*Journ. des Sav.* 1783, déc.). En général, personne
n'étoit plus obligeant, plus communicatif, plus aimable que
M. Larcher.

ἀντίδωρον, employé par M. Wolf, ne seroit pas facile à entendre, sans cette explication. M. Wolf a promis de publier Orion, et il est fort à désirer qu'il puisse bientôt tenir cet engagement. Orion peut servir utilement à corriger le grand Étymologique, ou à le compléter : très-souvent il cite les noms des auteurs où il prend ses exemples, et cette exactitude le rend précieux (1).

Pendant la révolution, M. Larcher vécut dans une retraite profonde, ne s'occupant que de littérature, et particulièrement de la révision de son Hérodote dont il préparoit une seconde édition. Il fut peu tourmenté. On le traduisit devant le comité révolutionnaire; et ses papiers que l'on visita ne causèrent pas un médiocre embarras aux commissaires, gens peu chargés de grec et de latin. Pendant une nuit, il eut une sentinelle à sa porte; mais une bouteille de vin endormit le factionnaire, et le lendemain matin, muni d'un petit *assignat* que M. Larcher lui donna, il partit et ne revint plus (2). La persécution n'alla pas plus loin; et même, quand le gouvernement républicain, devenu plus tranquille et plus sage, eut la fantaisie d'encourager les hommes de lettres, M. Larcher reçut, par décret, une somme de 3000 livres (3).

D'après cette espèce de faveur, on peut s'étonner qu'il n'ait pas été compris dans la première formation de l'Institut. Au reste, il ne tarda pas à y entrer. La place de M. de Sacy ayant été déclarée vacante sous prétexte de non-résidence, M. Larcher, M. de Sainte-Croix et M. Chardon de

---

(1) M. Bast, *ad Gregor. Corinth.* pag. 459.

(2) Raconté par M. de La Rochette. *Voyez* M. Wyttenbach, *Bibl. crit.* III, 2, pag. 143.

(3) Trois janv. 1795. *Voyez* M. Ersch.

La Rochette furent proposés pour la remplir. On élut M. Larcher (1); ce ne fut pourtant pas sans quelque résistance. Ses opinions politiques et religieuses étoient trop en opposition avec celles qui prévaloient à cette époque, pour que ce choix ne déplût pas à beaucoup de personnes; mais ses amis le servirent vivement, et l'emportèrent. Il disoit, en plaisantant, qu'il s'étoit surtout déterminé à accepter, parce qu'on l'avoit prévenu que les membres de l'Institut étoient payés *en argent* (2).

M. Larcher fut attaché à la section des *langues anciennes* de la classe de *littérature et beaux-arts ;* mais pendant tout le temps que dura l'ancienne organisation de l'Institut, il ne fit aucun mémoire. Lorsque l'Institut fut divisé en quatre classes, M. Larcher entra dans la troisième, et redevenu en quelque sorte, par ce changement, membre de l'Académie des Inscriptions, il reprit ses travaux académiques, et composa quatre dissertations (3) qui paroîtront dans les Recueils de la classe. La dernière lui avoit coûté beaucoup de travail, et donné tant de fatigue, qu'il en avoit pris du dégoût pour ce genre de recherches. « J'ai lu » écrivoit-il à M. Wyttenbach (4), « ou plutôt on a lu pour » moi (5), dans une séance de l'Institut, une dis- » sertation où je m'étois proposé de démontrer » qu'ils se sont trompés ceux qui ont écrit que » Callisthène avoit envoyé, de Babylone, à Aris-

---

(1) Cinq therm. an iv. = 23 juill. 1796.

(2) Raconté par M. de La Rochette.

(3) La première, *sur les premiers Siècles de Rome ;* la deuxième, *sur le Phénix ;* la troisième, *sur la Pseudonymie de la harangue de Démosthène , en réponse à la Lettre de Philippe ;* la quatrième, *sur les Observations astronomiques envoyées à Aristote par Callisthène.*

(4) M. Wyttenbach, *Philom.* II, pag. 264.

(5) Ce fut M. de Sacy qui fit cette lecture.

» tote, des observations astronomiques faites par
» les Chaldéens, lesquelles remontoient à 1903 ans
» avant Alexandre; ou que, si Callisthène a en-
» voyé de telles observations, elles ne peuvent
» pas être plus anciennes que l'ère de Nabonassar,
» dont le commencement tombe en 747 avant notre
» ère (1). J'ai lu et relu, pour cette dissertation, la
» μεγάλη σύνταξις de Ptolémée. Tout ce travail, qui
» n'est peut-être qu'un radotage, m'a extraordi-
» nairement fatigué ; c'est au point que je suis à
» peu près dégoûté des mémoires et des disserta-
» tions ». Heureusement c'est à quatre-vingt-quatre
ans qu'il commençoit ainsi à se dégoûter un peu
de l'érudition.

Cette nouvelle édition d'Hérodote dont il étoit
question tout à l'heure, parut en 1802. La table
géographique est corrigée en beaucoup d'endroits;
les notes sont fort augmentées, et il en est plusieurs qui contiennent les résultats de quelques
mémoires qui devoient faire partie du Recueil de
l'Académie des Belles-Lettres, et dont la suppres-
sion de cette savante compagnie avoit empêché la
publication (2). L'*Essai sur la Chronologie* offre
surtout des changements remarquables. Dans sa
première édition, M. Larcher avoit hasardé quelques idées peu d'accord avec les vérités chré-
tiennes. Devenu, avec l'âge, et mieux savant et
plus pieux, il a effacé toutes ces hardiesses.

Je devrois peut-être ne pas rappeler l'entreprise
malheureuse d'un littérateur fort célèbre, qui
essaya, en 1808, de prouver que cette Chronologie
étoit un tissu d'erreurs. M. Larcher l'avoit, dans
ses notes, critiqué avec plus de vérité que de poli-

---

(1) *Traduction d'Hérodote*, tom. 7, pag. 706; tom. 9,
pag. 607.

(2) *Ibid.* tom. 1. pag. lv.

tesse. Par forme de représailles, ce littérateur vou-
lut aussi attaquer M. Larcher, et il ne mit dans
sa critique ni politesse ni vérité. Mais je laisse cette
querelle oubliée; en parler plus longuement, ce
seroit abuser de l'exactitude (1).

Lorsque l'*Université impériale* fut mise en acti-
vité, M. le Grand-Maître nomma, de son propre
mouvement, M. Larcher professeur de littérature
grecque dans la Faculté des Lettres de l'Académie
de Paris. M. Larcher se trouvoit trop âgé pour
exercer les fonctions qui lui étoient confiées, et
ne vouloit point accepter. Mais M. le Grand-Maître
insista, et, pour lever les scrupules du vénérable
professeur, il le dispensa formellement de toute
espèce de leçons; pensant que ce seroit un grand
honneur pour l'Université naissante, que de pouvoir orner la liste de ses fonctionnaires de ce nom
européen. Les cours furent donnés par un profes-
seur-adjoint. Voici ce que M. Larcher écrivoit alors
à son ami M. Wyttenbach (2) : «Vous me demandez
» comment je me porte, et ce que je deviens. Je
» me porte aussi bien que peut se porter un homme
» de 84 ans. Apprenez de plus que je viens d'être
» fait docteur ès-arts dans la nouvelle Université
» impériale; mais il me faut vous avertir qu'il y a
» grande différence entre *docte* et *docteur*, et que
» l'on peut fort bien être l'un sans l'autre. Si vous
» en doutez, regardez-moi. En même temps j'ai été
» nommé professeur de littérature grecque (3), et,
» comme je ne puis exercer par moi-même, l'on
» m'a donné un suppléant, etc. ».

M. Larcher continuoit de jouir de cette bonne

---

(1) Voy. *Supplément à l'Hérodote de Larcher*, etc. —
Journal de l'Empire, 24 août 1808.
(2) M. Wyttenbach, *Philom.* II, pag. 264.
(3) La nomination est du 6 mai 1809.

santé dont il parle dans cette lettre, et tout portoit à croire que sa fin étoit encore éloignée, lorsqu'une chute assez légère, qui lui avoit foulé et fait enfler une main, le força de garder le lit. Cet accident n'inquiétoit personne, et l'on ne pensoit pas qu'il pût avoir aucune suite. Mais il en étoit résulté dans les mouvements du malade une gêne assez grande; et ayant voulu, dans un moment où sa garde étoit absente, changer d'attitude, il tomba de son lit qui étoit très élevé. Cette seconde chute fut suivie de symptômes alarmans : bientôt la tête s'embarrassa; les premières voies furent obstruées; et M. Larcher s'éteignit, presque sans souffrances, le 22 décembre 1812, à l'âge de 86 ans, laissant une mémoire glorieuse et l'exemple d'une vie sans reproche.